Pistache a disparu

Texte de Rachel Mousson
Illustrations de Michel Coudeyre

HACHETTE

Depuis quelques jours,
Max a un nouveau voisin.
Il le trouve vraiment
bizarre, car il ne parle
jamais à personne…

Aujourd'hui, c'est mercredi, et comme souvent, Jules est venu passer l'après-midi chez son meilleur copain !

Tout en jouant aux pirates,
Max parle de son nouveau
voisin :
« Tu sais, il est drôlement
curieux. En plus,
il n'a pas l'air commode !
Hier encore, quand je lui
ai dit bonjour, il ne m'a même
pas répondu…
Si tu avais vu son air,
tu aurais eu peur, toi aussi ! »

« Ah bon ? s'étonne Jules.
Tu crois qu'il est méchant ?
– Je ne sais pas, répond Max,
mais je préférais les voisins
d'avant.
Et puis, ils me donnaient
des bonbons-crocodiles...
– Les enfants ! Le goûter
est prêt ! » les interrompt
la maman de Max.

À la bonne odeur
de chocolat chaud,

Max et Jules obéissent
au quart de tour !

« Où est Pistache ? demande Max, subitement inquiet. Il n’est pas dans son panier. Pourtant, il y passe tous ses après-midi ! »

Hou-hou! Pistache!
Pis-ta-che! Hou-hou! Pis-ta-che! Hou-hou!
Hou!-hou! Pistache!
Hou!-hou! Pistache
Hou-hou! Pistache!
Piistache Piistache Piistache

Le chocolat chaud attendra.
« Hou-hou ! Pistache ! »
entend-on sur tous les tons.
Pas de réponse…

Max, qui connaît bien son chat, fait le tour de ses nombreuses cachettes. Il ouvre les placards, les armoires et soulève les couvertures… Pas la moindre patte de velours ni le moindre bout de moustache !

« C'est bizarre, dit Max.
Je n'aime pas ça, mais pas ça du tout... »
Tout à coup, il repense à son voisin.
« Et s'il avait capturé Pistache ? annonce-t-il à Jules.
– Tu as raison !
C'est sûrement lui !
– Allons chez lui ! » ordonne Max, bien décidé à tirer cette histoire au clair.

Les deux amis enfilent
leurs doudounes et se glissent
discrètement dans le jardin
du voisin…

« Pistache ! Pistache ! »
murmure Max, peu rassuré.

Max et Jules avancent courageusement jusqu'à la fenêtre de la maison du voisin, quand, soudain, une grosse voix retentit :

« Qui va là ? »

Max, tout tremblant, explique qu'il a perdu son chat.

« C'est donc toi, le petit Max
qui habite à côté ? soupire
le voisin en sortant
sur le pas de sa porte.
Tu cherches ton chat, je parie ?
Ne serait-il pas gris
avec de jolies moustaches ?
Je l'ai trouvé cet après-midi
dans ma cuisine ! Il est venu
rendre visite à ma Noisette...
Suivez-moi ! »

Max et Jules hésitent.
Seulement, quand ils entendent des miaulements, ils reconnaissent tout de suite ceux de Pistache !
Le chat est là, et il s'amuse comme un fou avec Noisette, sa petite voisine.
« Ton chat est un sacré joueur ! » lance le voisin.

Max n'écoute plus rien.
Il serre son chaton
dans les bras, bien soulagé.
Tout ce qu'il sait,
c'est qu'il a retrouvé Pistache.
Un sacré joueur peut-être,
mais aussi un sacré fugueur !

ISBN : 2.01.117292-6

43, quai de Grenelle - 75905 Paris Cedex 15
www.hachette-education.com

Responsable de projet : Véronique Bourgain
Responsable éditoriale : Stéphanie-Paule Saïsse
Création de la couverture : Laurent Carré
Illustrations de la couverture et de l'intérieur : Michel Coudeyre
Réalisation de la couverture et de l'intérieur : François Hacker

Imprimé en France chez Mame Imprimeurs à Tours
Dépôt légal : 55445 - 03/2005 - Collection n°88 - Édition 01
11/7292/3